와
당
의
표
정

와당의 표정

정민 엮고 지음

열림원

금석문이 다 나오자 와당이 뒤이으니
인간 세상 아득하여 이 또한 옛것일세.

하늘을 차고 오른 날렵한 기와 지붕. 골골이 파진 기와 사이로 힘줄인 양 둥근 기와등이 솟는다. 불끈 솟은 기와등이 처마 끝으로 내려와 허공으로 고개를 내미는 곳에 와당이 있다. 와당瓦當은 우리말로는 수막새다. 수키와의 끝을 막음하는 장식이다. 처음엔 그저 구멍을 뻥 뚫어놓을 수가 없어 막음 처리만 했다. 그러다가 거기에 무늬를 올리고 글자를 새겨넣으면서 와당 예술이 역대 건축 문화 속에서 난만한 꽃을 피웠다.

　와당의 문양에는 그 시대를 살고 간 사람들의 꿈과 현실이 담겨 있다. 그들이 꿈꾸었던 삶, 그들의 삶을 지배했던 약호들이 그 속에 살아 숨쉰다. 집은 허물어져 자취 없이 되었어도, 와당은 흙 속에 묻혀 두 번의 천 년을 넘겼다. 그 긴 세월을 잠만 자다 다시 햇빛 아래 모습을 드러내 그 시대를 증언하고, 빛바랜

꿈에 생기를 불어넣는다.

이 책은 중국 고대의 와당들을 모양과 문양에 따라 모은 것이다. 전국시대가 열리는 기원전 400년 이래 한나라와 북조를 거쳐 당나라에 이르는 일천 년간 중국의 와당 가운데 특별히 아름다운 것들만을 간추렸다. 대부분 전국시대와 한나라 때의 와당으로, 지금부터 대략 이천 년 이전의 물건들이다.

기와가 건물 위를 장식한 것은 이미 서주西周 시대부터다. 하지만 와당에 예술적인 문양이 본격화되는 것은 전국시대에 이르러서였다. 이 시기 열국의 각축은 정치 경제 예술 각 방면에서 큰 변화를 가져온다. 임치臨淄·한단邯鄲·신정新鄭·옹성雍城·함양咸陽 등 각 나라의 도읍지에는 우뚝한 건축물들이 앞다투어 들어섰다. 와당 예술은 이러한 건축 문화의 발달과 궤를 같이하여 흥성하였다.

각 나라들은 그네들의 종교 관념이나 지리적 조건에 따라 각기 상이한 문양을 와당 위에 올렸다. 제나라의 와당에는 언제나 중앙에 한 그루의 나무가 있고, 그 아래 동물이나 사람이 짝을 이뤄 등장한다. 나무는 사수社樹로 세계의 중심을 나타내고, 그 아래의 동물과 사람들은 그네들의 일상을 잘 반영한다. 이들은 주로 반원형의 와당을 사용했다.

북방의 연나라는 쌍룡과 짐승 얼굴을 새긴 문양을 좋아했다. 그런가 하면 진나라는 사슴이나 범, 늑대, 개 등 동물들의 문양을 선호하였다. 수렵적 기질과도 무관치 않을 것이다. 또 아름다운 구름무늬의 문양도 전국시대 진나라 사람들이 즐겨 사용

했던 무늬였다. 이러한 구름무늬는 한나라가 천하를 통일한 뒤에도 조금씩 양식의 변화를 보여주며 지속적인 애호를 받았다.

그러다가 한무제 이후의 와당에서는 청룡·백호·현무·주작·봉황·도철饕餮과 같은 상상 속의 동물들과 함께, 길하고 상서로운 축원의 말을 담은 문자 와당이 급격히 증가한다. 문자 와당도 천추만세千秋萬歲와 같은 축원의 말에서, 궁궐의 기능과 명칭을 적은 것 등 종류가 다양하다. 이 가운데 '기쁘다! 오랑캐를 무찔렀네樂哉破胡'나 '흉노와 화친하다單于和親'와 같은 와당을 통해서는 그 시대의 풍경까지도 그려볼 수가 있다.

같은 종류의 와당도 그 미묘한 변화의 과정을 지켜보면 아주 흥미롭다. 수없이 많은 와당들이 비슷한 원리에 의해 만들어지고 있지만, 똑같은 것은 하나도 없다. 전국시대에 성행하던 반원형 와당은 후기로 오면서 원형으로 바뀐다. 그 과정에서 반원형이 원형으로 옮아가는 중간 형태들도 적잖게 보인다. 하나의 원형이 어떤 과정을 거쳐 변모해가는지를 통해, 우리는 시대정신과 미의식의 추이까지도 가늠해볼 수 있다.

조선 후기 박제가의 문집에 〈진한와당가秦漢瓦當歌〉란 작품이 있다. 그 가운데,

> 금석문이 다 나오자 와당이 뒤이으니
> 인간 세상 아득하여 이 또한 옛것일세.
> 아아! 역산 빗돌은 들불에 타고 없어
> 서경의 온갖 서체 한갓 어지럽구나.

오늘날 소전을 배우는 사람들은
이 마흔 개 와당문을 읽어야 하리.

金石畢出瓦繼之　人世茫茫亦云久

嗚呼嶧山碑已野火焚　西京八體徒紛紜

今之學爲小篆者　讀此四十瓦當文

라 한 것이 있다. 아마도 40장의 와당문 탁본첩을 보고 나서,
그 책의 첫머리에 얹은 시인 듯하다. 옛 선인들은 중국에서 구해
온 와당 또는 그 탁본 하나하나를 마치 보물이라도 되는 듯 아껴
어루만지며 그것으로 금석 서화 공부의 재료로 삼았다. 오늘날
이렇듯 한자리에서 그 귀한 옛 와당을 푸짐하게 즐길 수 있게 된
것은 전적으로 관련 자료의 활발한 간행에 힘입은 것이다.

　우리나라도 삼국시대 이래 참으로 아름다운 와당 예술을 꽃
피웠다. 다만 불교의 영향으로 연꽃 문양이 대부분이고, 그밖에
귀면鬼面이나 인동문·보상화문 등이 있다. 그 안의 변화는 놀랍
고도 눈부시지만, 다양성의 측면에서는 다소 아쉬운 점이 없지
않다.

　고맙지 않은가. 이천 년도 더 된 아마득한 옛사람들의 마음이
와당 문양 위에 남아 오늘까지 전해질 수 있음이. 이 책은 그러
니까 일종의 아름다움에 대한 순수한 예찬이다. 와당의 명칭은
중국 쪽의 명명에 따랐다. 그리고 와당 아래에 그것들을 보면서
스쳐간 단상들을 적어놓았다. 와당을 통한 고인과의 대화가 맛
난 만남이 되기를 희망한다.

2002년 봄에 이 책을 처음 펴낸 후 십여 년 넘게 절판되었던 것을 다시 세상에 선보인다. 글 속의 젊은 나와 만나며 또 하나의 시절 인연을 느낀다.

2016년 12월
정민

차
례

일러두기

1. 이 책은 다음의 책에 올라 있는 와당 탁본 자료를 이용하였다.

   趙力光 편,『中國古代瓦當圖典』(중국 文物出版社, 1998)

   安立華 편,『齊國瓦當藝術』(중국 人民美術出版社, 1998)

   張文彬 편,『新中國出土瓦當集錄』(중국 西北大學出版社, 1998)

   西安古舊書店 편,『秦漢瓦當文原拓集』(개인소장)

2. 문양의 명칭은 일반적 관례를 따랐고, 와당의 크기는 따로 밝히지 않았으나, 일반적으로 15cm에서 21cm 내외다.

3. 문양은 외형에 따라 반원형과 원형으로 나누었고, 원형의 경우 동식물 문양과 기하적인 문양, 그리고 문자 와당으로 구분하였다. 또 비슷한 문양끼리 한 자리에 모아, 와당 문양의 변천을 가늠해볼 수 있도록 배열하였다.

4. 확인이 가능한 경우 출토된 장소를 밝혔다. 문자 와당의 경우, 와당의 글을 원문으로 싣고, 우리말 의미를 밝혔다.

반
원
형

太陽紋

전국시대, 제나라

태양

투사의 머리 위에 얹힌 투구인가.
S자를 눕혀 쓴 위로 뿔 네 개가 비쭉비쭉 솟았다.
이글거리는 태양.
그 옆의 점들은 별들의 자취일까?

山形雲紋

전국시대, 진나라 서안 삼교 출토

산과 구름

산속에 산이 있고 그 산 안에 또 산이 있다.
가도 가도 첩첩산중이다.
산허리에선 양뿔처럼 생긴 구름이
뭉게뭉게 피어오른다.

燈臺紋

한나라 임치 출토

등잔 받침

등잔 모양을 2단으로 쌓아올렸다.
양 끝에 구름 문양을 감아올리고,
가운데는 역시 양뿔 모양의 구름이 여백을 채우느라
끝이 말려올라갔다.
분수대 같다. 단순하면서도 듬직하다.

獸面紋

전국시대, 연나라 하북 역현 연하도 출토

짐승 얼굴

두 눈이 불쑥 튀어나왔다.
과장된 선들을 대범하게 배치했다.
고양이 얼굴 같다.

人面紋

한나라

사람 얼굴

사람의 얼굴을 새겨놓았다.

눈 코 입 귀, 그리고 눈썹까지 또렷하다.

입가에는 장비처럼 뻗친 수염이 났다.

처마 끝에서 고리눈을 동그랗게 뜨고서 쏘아보고 있다.

樹木饕餮紋

전국시대, 제나라 고성 출토

나무와 도철

한 그루 나무 아래 두 눈이 박혀 있다.
이마에 주름살이냐.
화등같이 동그랗게 뜬 두 눈.
도철은 탐욕스러운 악수惡獸의 이름이다.
무엇이든 다 잡아먹는다.
함부로 넘보지 마라.

樹木饕餮紋

전국시대, 제나라 임치 출토

나무와 도철

고릴라 같다.
구름 문양으로 만든 코 하며, 놀라 뜬 눈,
화살표 일자 눈썹, 이마에 가득한 주름살.

樹木饕餮紋

한나라 임치 출토

나무와 도철

나무 아래 구름무늬를 그렸다.
구름무늬는 나무 밑둥에도 나온다.
왼쪽에는 그냥 둥근 원 속에 점만 찍어두었다.
도르르 말린 고사리의 새순인가?
술 취한 사내의 뱅글뱅글 돌아가는 눈동자와도 같다.

樹木饕餮紋

한나라시대, 제나라 고성 출토

나무와 도철

나무 아래 휘청 고개 숙인 화살촉 문양이
보통과는 방향을 반대로 하고 있다.
나팔꽃 같다.
가운데 찍힌 점 때문에 어찌 보면 새의 머리처럼 보인다.
나무의 맨 윗가지에도 꽃을 매달았다.

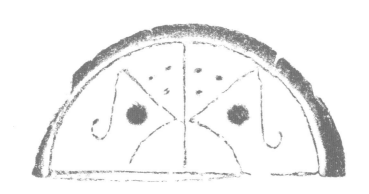

樹木饕餮紋

한나라

나무와 도철

눈을 동그랗게 뜨고 원숭이 코를 했다.
눈썹을 내리깔았다.
이마엔 점투성이.

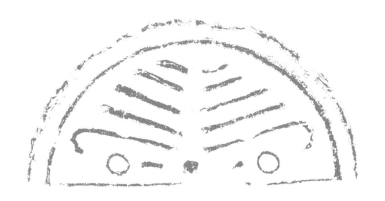

樹木饕餮紋

전국시대, 제나라

나무와 도철

주름살 많은 할아버지의 이마 같다.
동그랗게 뜬 눈, 조막만 한 코,
켜켜이 쌓인 삶의 흔적들.

龍紋

전국시대, 제나라 임치 출토

용

눈을 동그랗게 뜨고
앞발을 가지런히 모은 채 웅크리고 앉아 있다.
나는 잠룡潛龍이다.
바람을 기다린다.
구름을 기다린다.
여의주를 물고 벽공을 쪼개며
단숨에 하늘로 번드쳐 오르리라.

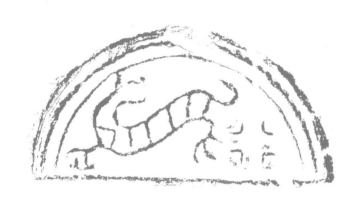

虎紋

한나라 동평릉성터 출토

범

범 한 마리가 상체를 숙이고 고개를 뒤틀며 포효한다.
과장된 발톱이 날카롭다.
호행 虎行, 범이 나가신다.
까불지 마라.
사방 뚫린 길 어디고 못 갈 데가 없다.

雙鳥紋

전국시대, 연나라 하북 역현 연하도 출토

두 마리 새

포동통 살이 오른 까마귀 두 마리가 마주 보며 섰다.
까왁까왁까왁 까왁신다.
가운데는 구름무늬로 여백을 채웠다.

樹木紋

전국시대, 제나라

나무

한 그루 나무 곁에 크리스마스트리처럼
오똑하니 두 그루 나무가 지켜 서 있다.
투피스를 차려입은 귀부인 같다.
나뭇가지엔 잎새들이 햇살 받아 반짝인다.
바람 한 점 없는 오후다.

樹木鳥獸紋

전국시대, 임치 출토

정물화

나무와 조수

나무 아래 말 두 마리가 매여 있다.
서로 앞발을 구르며 반겨 내닫는 기세다.
머리가 하얀 새 두 마리 나뭇가지를 향해 날아간다.
날갯짓이 경쾌하다.

樹木雙虎紋

전국시대, 제나라

나무와 두 마리 범

호랑이 두 마리가 서로 으르렁거린다.
잡아먹을 듯이 대든다.
앞다리를 뻗대고 뒷다리를 잔뜩 도사렸다.
단숨에 튀어올라 상대의 먹이라도 끊을 기세다.
하지만 저나 나나 줄에 묶인 신세다.

樹木鳥獸紋

한나라

나무와 조수

사슴이 있고, 나무가 있고, 훨훨 나는 새가 있다.
사슴 뒤에는 꼬리 긴 여우가 있다.
생선 가시처럼 헤살스럽게 팔 벌린 나뭇가지.
움켜쥐듯 궁글린 뿌리.
사슴이 있고 여우가 있고, 놀라 나는 새가 있다.

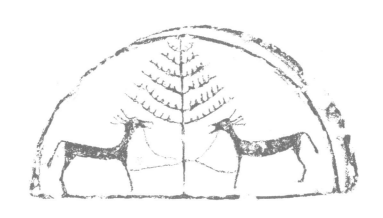

樹木雙鹿紋

전국시대. 제나라

나무와 쌍록

사슴 두 마리를 잡아놓고 마음이 안 놓였던 모양이다.
목에다 줄을 묶고 다리에도 줄을 묶어 치렁치렁 매어놓았다.
단숨에 이 줄을 끊고 옛 살던 숲속을 뛰어다니고만 싶은데.

樹木雙鹿紋

전국시대, 제나라 임치 출토

나무와 쌍록

보기 드물게 음각으로 사슴 두 마리를 새겼다.
앞의 것과는 음양이 반대다.
능청맞게 마주 서서 풀을 먹는 모습이다.
평화스럽다.

樹木蝎蜥紋

전국시대, 제나라

나무와 도마뱀

교미를 하고 있는 도마뱀 두 마리.
도마뱀은 구름을 내뿜어 비를 내린다.
음양이 한데 합쳤으니 그 생산은 얼마나 왕성할까?
나무의 잎새도 주렁주렁 열매 같구나.

樹木雲馬人物紋

전국시대, 제나라

나무와 구름, 말, 사람

나무의 맨 아랫가지가 축 처져
화살촉을 단 채 아래쪽을 향해 있다.
뿌리의 구름 문양도 궁글림이 심해 안경 모양으로 변했다.
말 두 마리가 한 방향을 향해 달린다.
그 등 위에서 재주를 부리며 논다.

樹木雙鶴紋

전국시대, 제나라

나무와 두 마리 학

나무의 모양이 색다르다.
맨 아래 가지는 화살촉 모양을 하고 아래쪽을 향했다.
두루미 두 마리,
한 놈은 다리를 ×자로 엇걸고 한 놈은 ㅅ자로 빗겨걸고,
고개를 숙인 채 무언가를 노린다.
두루미의 머리 모양이 나뭇가지의 끝 모양과 꼭 같다.

樹木雙犬紋

전국시대, 제나라

나무와 개

꼬리를 빳빳이 세운 사냥개 두 마리가 나들이를 한다.
너울대는 앞발은 흥에 겹고
크게 벌린 입, 쫑긋 세운 귀로 위엄을 한껏 세웠다.
뒤따라오던 녀석이 갑자기 고개를 뒤치며 으르렁거린다.
나무엔 잎새들이 가득 그늘을 드리웠다.

樹木人物紋

전국시대, 제나라

나무와 인물

짐승을 잡아끌고 등에는 화살통을 둘러멘
사내가 걸음을 재촉한다.
손에 무언가를 들고, 머리 위엔 모자 장식을
높이 얹은 여인이 반갑게 마중 나간다.
두 사람은 즐겁다.

樹木馬鳥人物紋

전국시대. 제나라

나무와 말과 새 그리고 인물

나무 아래 말이 고개를 길게 늘이고 서 있다.
손에 작대기를 들고, 등에 무언가를 꽂은
머리 장식 요란한 사내가
품이 넓은 바지를 입고 걸어나온다.
나무 위 새는 놀라 사람에게 시선을 놓지 않은 채
거꾸로 매달려 날아갈 채비를 한다.

樹木人物紋

전국시대, 제나라 임치 고성 출토

나무와 인물

간결한 형태의 나무 한 그루.
왜 반원형 와당의 중앙에는 나무 한 그루를 세워놓는 걸까?
나무는 생명, 나무는 세계의 중심이다.
그 왼편에 말 탄 사람이 등에 칼을 차고
두 손을 맞잡아 읍揖을 한다.
긴 창을 든 관을 쓴 사내가 천천히 걸어나와 손님을 맞는다.

樹木雲鳥紋

전국시대, 제나라

나무와 구름과 새

나무 아래 구름이 걸렸다.
새 한 마리가 나무 위를 올려다보며 난다.
경쾌하고 날렵하다.

樹木格子紋

전국시대, 제나라

나무와 격자 문양

가운데와 양옆으로 나무가 세 그루다.
네모난 문양 사이로
늘씬하게 올라간 화초도 있다.

樹木雙鶴紋

전국시대, 제나라

나무와 두 마리 학

신명이 난 두 마리 학이 홍겨운 춤판을 벌였다.
다리를 꺾자 상체가 아래로 쏠리면서 균형을 잡으려고
고개를 비틀어 추켜올렸다.
홍을 못 이겨 쑤석거리는 꼬리가 영 어수선하다.

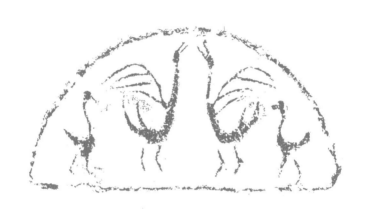

四鶴紋

전국시대, 제나라

네 마리 학

학이 네 마리나 등장하고 보니
가운데 으레 있어야 할 나무도 간 데가 없다.
날개를 푸드덕거리며 고개를 길게 빼어 노래까지 불러댄다.
어린 녀석들은 무슨 일인가 싶어
놀란 표정으로 물끄러미 쳐다본다.

三角紋

전국시대, 제나라

삼각형 무늬

파격적인 구성이다.
세모를 세 개씩 겹쳐놓은 것이 또 세 개다.
가운데 것만 네 개다.

동물과 인간

青龍紋

한나라

청룡

벽력 같은 모습이다.
시위를 팽팽히 당긴 활, 목표물을 향해 쏜살같이 내려꽂히는 매.
용의 머리는 자꾸 다른 사물과 혼동을 일으킨다.
네 발을 힘차게 구르고 꼬리를 너울대며
나는 날마다 가서 박히리라.
질풍노도와 같이 그대의 가슴속으로 가서 박히리라.

白虎紋

한나라 서안 장안성터 출토

백호

사령 四靈 가운데 백호를 그렸다.
사령은 무덤을 지키는 수호신이다.
탄력있게 휜 허리와 말려올라간 꼬리.
으르렁대는 입, 단단한 턱.
까불지 마라.
나는 쳇바퀴를 굴리는 다람쥐가 아니다.
굴레를 박차고 나가 크게 포효하리라.

白虎紋

한나라 섬서 주지 장양궁터 출토

백호

역시 백호 문양이다.
있는 대로 입을 다 벌렸다.
몽당붓으로 툭툭 끊어낸 듯한 단순한 선들이
질박한 느낌을 준다.
중간의 여백에 찍어둔 무심한 점과 반원도
결코 무심하지가 않다.

白虎紋

한나라 서안 장안성 출토

백호

범의 줄무늬가 마치 나뭇결 같다.
네 발에 힘이 담겨 있다.
뒤꿈치에도 무늬를 넣어 힘이 넘치는 느낌을 주었다.
아래쪽 배도 가는 선으로 처리해서 속도감을 드높였다.
백호는 서쪽을 지키는 신이다.

朱雀紋

한나라

주작

남방을 지키는 수호신 주작이다.
옆모습을 비스듬히 포착했다.
몸통의 섬세한 처리며 목 뒤 깃털의 배열도 재미있다.
성난 눈을 하고 혀를 내밀며 발톱을 세웠다.
두 다리 사이와 날개 옆으로 꼬리깃이 보인다.

朱雀紋

한나라

주작

화려한 꼬리를 뽐내며 주작이 날갯짓을 한다.
머리 장식도 아름답다.
신체 위에 무늬를 선명하게 새기지 않고
단지 희미한 윤곽만 주었다.
질박하다.

朱雀紋

한나라

주작

내 날개 속에는 불덩이가 들어 있다.
누구든 건드리면 불살라버리겠다.
콧대를 세우고 아래턱을 앙다물고
두 발로 땅을 재겨 디딘 나는 누구냐?

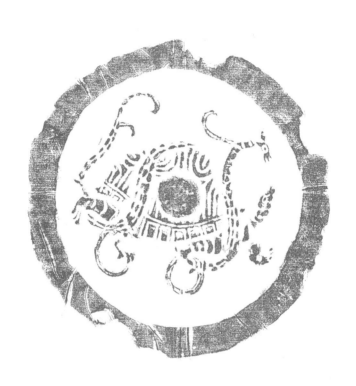

玄武紋

한나라

현무

나는 뱀이고, 나는 거북이고,
너울너울 춤추는 상상 속의 꿈나라다.
내가 나타나야 세상은 비로소 안도의 숨을 쉰다.
내 속에서 이글대는 불덩이를 나도 주체할 수가 없다.
이곳저곳에서 촉수가 돋아나 너울거린다. 이글거린다.

玄武紋

한나라 섬서 주지 장양궁터 출토

현무

북쪽의 수호신 현무다.
뱀 꼬리가 거북 등을 휘감았다.
거북 등 중간에 중심원을 두었다.
사악한 기운은 감히 범접하지 마라.

龍虎紋

한나라

용과 범

운종용雲從龍 풍종호風從虎,
용은 구름을 따르고 범은 바람을 부른다.
고개를 치켜든 범이 경쾌하고 날렵하게 내닫는다.
용은 입을 벌리고 뒤를 돌아본다.
가운데엔 두꺼비 한 마리가 납작 앉아 있다.

鳳凰紋

한나라

봉황

봉황이 춤을 춘다.
목 뒤로 두 가닥 휘들어진 깃,
꼬리 위로 두 가닥 구부러진 깃,
날개 끝에 길게 휘늘어진 깃.
눈을 동그랗게 뜨고 앙가슴을 거만스레 내밀고
봉황이 춤을 춘다.
태평성대다.

飛鳳紋

한나라 섬서 순화 감천궁터 출토

봉황

날개를 활짝 펴고 봉황이 난다.
화려한 날개깃 부챗살 같은 꼬리 뒤로 황금빛 해무리가 진다.
눈이 부시다.
둘레에는 특이하게 구슬을 염주처럼 잇대어놓았다.
바깥 테두리에도 빗금무늬를 넣어 호사스러움을 더했다.

雲鳥紋

진나라

구름과 봉황

꽃 떨기 모양으로 구름이 피어난다.
왼쪽 위 여백에만 봉황새 한 마리를 그렸다.
꼬리깃을 길게 드리우고 날개를 떨치며 비상을 준비한다.

虎燕紋

전국시대, 진나라 섬서 봉상 옹성 출토

범과 제비

꼬리를 치켜든 범이 날아드는 제비를 향해
날카로운 이를 드러낸다.
제비의 날갯짓이 경쾌하다.
예부터 제비턱에 범의 목은 만리 제후의 상이란 말이 있다.
범의 위용과 제비의 민첩함을 갖추었다면 겁날 것이 없었겠지.

豹紋

진나라 서안 교외 출토

표범

표범 한 마리가 활 모양으로 몸을 젖히며
뒤편을 향해 으르렁댄다.
눈동자는 튀어나오고 한껏 벌린 입 밖으로 혀를 날름거린다.
몸 위에 규칙적으로 박힌 굵은 점이
그 얼룩무늬를 강렬하게 전달한다.

豹紋

진나라

표범

표범의 앞다리에 살이 포동포동 올랐다.
달려드는 사냥개 두 마리를 향해 벌린 턱이 완강하다.
금세 화면 밖으로 뛰쳐나올 것만 같다.

鬪獸紋

전국시대, 진나라 섬서 봉상현 출토

짐승 사냥

뿔이 솟은 짐승이 몸을 뒤틀며 포효한다.
그 아래 긴 창을 가진 사내가 짐승의 가슴을 찌른다.
두려움을 모르는 용맹이 나타나 있다.
머리부터 꼬리까지 둥글게 휘돌린 곡선이 주는
단순한 짐승의 율동과 인간의 왜소한 모습이 선명히 대비된다.

雙犬紋

전국시대, 진나라

개 두 마리

개 두 마리가 앞을 보며 짖는다.
앞발을 뒤로 버팅기고 목을 빼어 올리고 우우 짖는다.
지붕 기와 고랑 끝마다 개들이 튀어나와서 도둑을 짖는다.
달빛을 짖는다. 귀를 쫑긋 세우고 뒷발을 앙버티며 짖는다.

雙貛紋

전국시대, 진나라 섬서 봉상 철구촌 출토

이리 두 마리

이리 두 마리가 목을 엇걸고
발뒤꿈치에 갈기를 날리며 으르렁거린다.
꼬리가 바짝 섰다. 발톱이 날카롭다.

馬紋

한나라 제고성 출토

말

안장을 얹고 가슴띠를 두른 화려한 말이다.
동화 속 페르시아 왕자님이 탈 법한 말이다.
사방을 둘러싼 구름무늬도 장식성을 강조했다.
말고삐를 슬쩍 당겨 구름자락에 걸쳐두었다.
사람은 어디 갔을까?

犬鹿紋

한나라

개와 사슴

사슴을 무는 개. 네 멱통을 물어주마.
앞발 꿇은 사슴의 놀란 눈이 동그랗다.
그 뒤로 길게 뻗은 아름다운 뿔도 소용이 없다.
배꼽을 물어뜯으며 뉘우쳐도 이미 늦었다.

樹木雙鹿紋

전국시대, 제나라 임치 출토

나무와 사슴

예쁜 나무 아래서 사슴이 고개를 뒤치며 미끈하게 놀고 있다.
나무 위엔 새가 앉아 있고, 반대편에는 원숭이가 논다.
평화로운 광경이다.
아래위로 얼비친 듯한 문양이 묘하게 좌우로 엇갈린다.

鹿猪紋

전국시대, 진나라 섬서 임동 출토

사슴과 멧돼지

고개를 뒤로 젖힌 사슴 한 마리가
뒷발을 엉거주춤하며 앞발을 치켜든다.
반대편에는 멧돼지 한 마리가 씩씩거리며 앞으로 내닫는다.
아래쪽 두 면에는 어떤 짐승들이 새겨져 있었을까?

樹木雙鹿猪鳥紋

진나라 섬서 함양궁터 출토

나무와 사슴, 멧돼지와 새

나무 아래 사슴 두 마리가 서 있다.
난데없이 뛰쳐나온 멧돼지 한 마리가
주둥이를 내지르며 돌진한다.
사슴은 비명을 지르며 놀라 앞발을 치켜든다.
오른쪽 사슴 위엔 기러기 한 마리가 바깥쪽을 향해 날아간다.
바깥 원의 둘레에는 의미가 분명찮은 무늬들을 둘렀다.

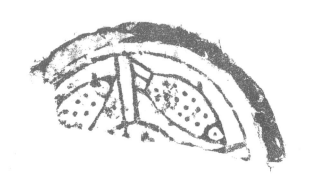

魚紋

진나라 서안 아방궁터 출토

물고기

드물게 보는 물고기 무늬다.
다 깨지고 온전히 남은 것은 한 마리뿐이다.
시계 방향으로 꼬리를 물고 물고기들이 유영한다.
비늘은 점을 찍어 표현했다. 단순하면서도 힘이 있다.

三鶴紋

한나라

세 마리 학

학 세 마리가 꼬리에 꼬리를 물고 돌아간다.
씩씩한 네 줄 선으로 그은 날개, 끝이 말려올라간 꽁지깃.
가운데 돌출부에 얹은 발이 힘차다.
한 번의 도약을 위해 잔뜩 도사리고 있구나.

蟾蜍紋

전국시대, 진나라 섬서 봉상 두부촌 출토

두꺼비

두꺼비 한 마리 등에 얼룩덜룩 무늬를 달고 납작 엎드려 있다.
불뚝 튀어나온 배가 씰룩거린다.
우리 집의 나쁜 기운은 내가 다 삼켜버리겠다.
모두 막아주겠다.

夔紋

진나라 섬서 임동 진시황릉 출토

기

비밀의 문을 여는 지도일까?
곳곳에 그려진 화살표가 가리키는 방향 그 어디쯤
진시황릉의 묘도로 들어가는 입구가 있을까?
단순한 선들이 분할하는 공간의 팽팽한 긴장과 조화.
기夔는 원래 용처럼 생긴 발이 하나뿐인
상상 속 동물의 이름이다.

猴子紋

한나라

원숭이

원숭이 한 마리가 쪼그리고 앉아 있다.
역삼각형의 머리 위에 삐죽삐죽 털을 달고,
이빨을 드러내 으르렁거린다.
가까이 오지 마라!
나쁜 기운은 결코 이 집에 들이지 않겠다.

獸面紋

북조시대

짐승 얼굴

벽사辟邪의 의미를 담았다.
이마의 주름을 음각으로 팠다.
두 귀를 쫑긋 세우고 양 입가에 수염을 달았다.
둘레의 여백엔 점을 세 개씩 찍었다.
원숭이를 닮았다.

獸面紋

북조시대, 섬서 서안 출토

짐승 얼굴

무성한 팔八자 눈썹에 콧잔등에는 주름이 박혔다.
두 귀를 다소곳이 숙였고,
W자 모양의 입 위에 주먹코를 얹었다.
해태 같기도 하고, 삽살개처럼도 보인다.
구름무늬는 아래는 양각, 위는 음각이다.

蹴鞠紋

한나라

공놀이

모자를 쓰고 두 손을 너울대며 춤을 춘다.
넓은 소매 사이로 바람이 제멋대로 들고 난다.
신명이 잔뜩 올랐다.
고개를 숙이고 두 발도 제멋대로 따로 논다.
죽죽 내려그은 옷 무늬에도 흥겨운 가락이 실려 있다.

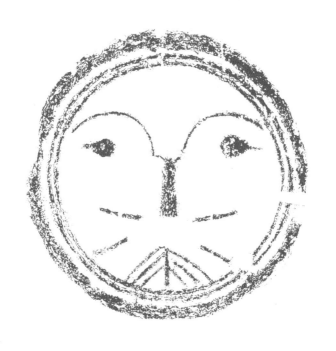

人面紋

한나라 동평릉성터 출토

사람 얼굴

사람 얼굴 모양의 와당이다.
저 신라의 웃는 얼굴 와당이 떠오른다.
올챙이 모양의 두 눈, 둥근 선으로 처리한 눈썹.
코는 듬직하게 가운데로 쭉 내리그었다.
입 아래엔 수염이, 코 옆에도 수염이 있다.
그는 지금 말쑥하게 웃고 있다.

力士紋

당나라 섬서 자선사터 출토

역사

가슴을 헤치고 팔뚝을 드러낸 떡 벌어진 가슴, 둥글게 나온 배,
거구의 금강역사가 왼손을 치켜들어 주먹을 꽉 쥐고,
다른 한 손은 옆구리에 착 붙이고 버티고 서 있다.
소매가 바람에 너울댄다.
한 주먹에 날려버릴 듯한 완력. 힘이 넘친다.

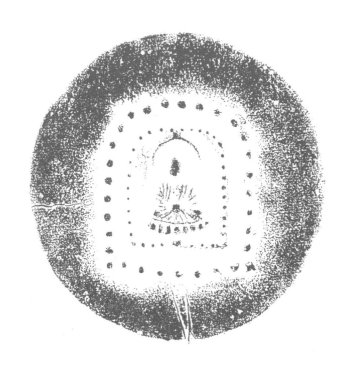

佛像紋

당나라 섬서 자선사터 출토

불상

연주문連珠紋으로 된 두 겹의 감실 안에 부처님 한 분을
연화대좌 위에 모셨다.
머리 뒤엔 광배가 있다.
광명이 퍼져간다.

구름 · 꽃 무늬

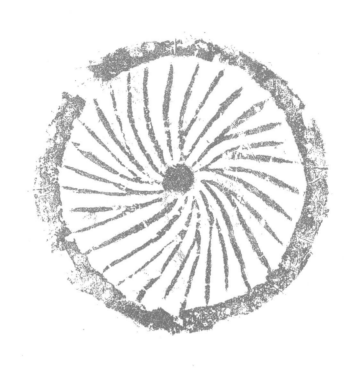

輪輻紋

전국시대, 진나라 섬서 봉상 남고성터 출토

수레바퀴

중심의 원을 향해 회오리처럼
바큇살들이 말려 휘돌아간다.
굴러가는 바퀴 같다.
단순한 선들의 질박함과 역동성.

輪輻紋

전국시대, 진나라 서안 서교 인고촌 아방궁터 출토

수레바퀴

시계 반대 방향으로 바람개비가 돌아간다.
다시 그 흐름을 역행하여 구름무늬를 돌렸다.
아방궁터에서 출토된 와당이다.
그때의 영화는 이미 재로 변해 흔적조차 찾아볼 수 없는데,
잿더미 속에서 그 긴 세월을 말없이 묻혀 있었구나.

輪輻紋

전국시대, 진나라

수레바퀴

이번엔 안팎의 방향이 시계 방향으로 통일감을 준다.
바람개비가 돌아가듯 팽글팽글 돈다.
그냥 보면 해바라기 같다.

葵紋

전국시대, 진나라 섬서 봉상 출토

해바라기

해바라기 문양의 와당이다.
가운데 둥근 원은 새끼줄 문양이다.
그 위로 마치 불가사리의 내뻗은 팔 같은 돌기가
시계 방향을 따라 안으로 셋, 밖으로 여덟 개가
기운차게 맞돌아간다.

葵紋

전국시대, 진나라 섬서 함양 출토

해바라기

둥근 구슬을 잇달아 포개놓은 연주문이다.
그 안에는 꽃잎이 네 개 달린 꽃을 피웠다.
밖에는 열두 개의 해바라기 잎이 돌돌 말린 채로 돌아간다.
마치 일 년 사계절과 열두 달을 상징하듯이.

葵紋

전국시대, 진나라

해바라기

안까지 이어진 네 개의 잎이 보여주는 대담성 때문에
눈길을 확 끌어당긴다.
거머리 같기도 하고
어찌 보면 모이를 먹으러 달려드는 새 같기도 하다.
단순한 것이 주는 즐거움이 있다.

雲紋

전국시대, 진나라

구름

구름이 도처에서 뭉게뭉게 피어오른다.
안에도 밖에도 온통 구름이다.
뱅글뱅글 돌며 해바라기 꽃 모양을 꾸몄다.

葵紋

진나라 섬서 함양궁터 출토

해바라기

해바라기 꽃잎에 구름무늬를 곁들였다.
안팎으로 방향이 엇갈린 바람개비가 검고 희게 맞돌아간다.
네 개의 꼭지가 빈 공간을 채운다.
단순하면서도 기품이 있다.

雲紋

한나라

구름

단순한 것들이 모여 아름다움을 만든다.
뱅글뱅글 구름 사이로 벽돌 하나씩 끼워놓은 것처럼
단순한 선들의 집합이 아름답다.

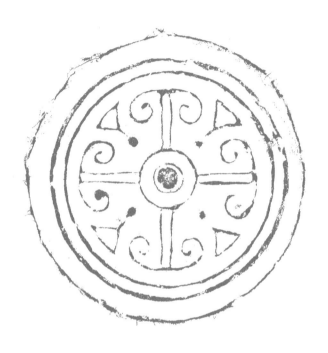

雲紋

한나라

구름

사방으로 십자가 모양의 막대 끝에 구름이 하나씩 걸려 있다.
구름과 구름 사이엔 꼭지가 달린 삼각형이 하나씩.
삼각형의 꼭지는 빈 공간의 점을 향해 손을 내뻗었다.

雲紋

한나라

구름

뱅글뱅글 도는 세상이다.
고사리 새순 돌돌 말리듯, 솟구치던 파도가 고개 숙이듯,
물고 물리는 연쇄 속에 뭉게뭉게 구름이 일어나듯.

雲紋

한나라

구름

전화기도 아니고 귓바퀴도 아니고 둥근 탁자를 사이에 두고
네 개의 팔걸이 달린 소파가 놓인 것도 아닌데,
단순한 곡선과 직선이 널찍한 공간을
마음 편하게 나눠 갖고서 즐겁게들 논다.

雲紋

한나라 임치 출토

구름

독특한 형태의 구름 문양이다.
가운데 큰 중심원에서 기운차게 뻗어나가
보통 구름무늬와는 반대로 안쪽으로 야무지게 말렸다.
그 옆으로 같은 너비로 두 개의 곡선을 받쳤다.
구름이 피어오른다.

鶴雲紋

한나라

학과 구름

사등분된 부채꼴 면 속에 뱅글뱅글 구름무늬를 그렸다.
가운데에는 학이 두 마리.
한 놈은 다리를 꺾어 외발로 섰고,
다른 한 녀석은 고개를 뒤로 돌려 제 꼬리를 본다.

樹木雲紋

한나라 제고성 출토

나무와 구름

사통팔달四通八達 툭 터진 길이다.
네 방향에서 중심을 향해 화살표가 하나씩 달려온다.
사방 여백의 문양도 제가끔이다.
세 개의 구름무늬가 모두 모양이 다르다.
아래쪽에는 나무 한 그루를 심어두었다.

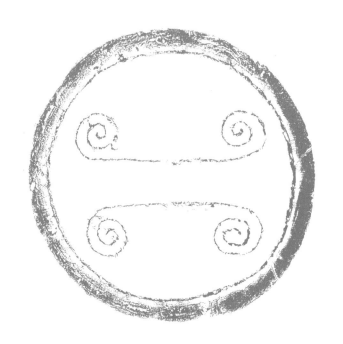

雲紋

한나라

구름

구름무늬 두 개가 싱겁게 대칭으로 놓였다.
중심원도 없고 아래위도 텅 비었다.
파격적인 구도가 시원스럽다.

雲紋

한나라 동평릉성터 출토

구름

구름 모양을 네 분할면에 하나씩 그렸다.
그 양옆엔 점 하나씩 찍어놓고.
바깥원과 테두리 사이에는
아주 보기 드물게 연쇄 무늬를 새겨놓았다.
마치 지퍼를 꽉 채운 것처럼.

雲紋

한나라 임치 출토

구름

아름답다.
동그란 중심원 둘레로 구름무늬가 공간을 셋으로 가른다.
그 사이 여백엔 촛불 심지 모양의 도안을 넣었다.
어찌 보면 중심원은 입 같고,
심지는 코 같고, 말려올라간 구름은 두 눈 같다.

雲紋

한나라

구름

가운데 원은 오렌지의 단면 같기도 하고,
구멍이 숭숭 뚫린 것이 연밥인가도 싶다.
사방으로 돌아간 구름무늬 때문에
해바라기의 모습이 문득 떠오르다가
어느새 페르시아의 은쟁반도 된다.

網格雲紋

한나라 동평릉성터 출토

그물망과 구름

가운데 중심원이 유난히 크다.
그 안에는 빗금 모양의 그물무늬를 대담하게 새겼다.
사면으로 구름 문양을 두 팔 벌려 갈라놓고,
그 가운데에 보름달을 하나씩 띄워놓았다.

雲葉網格紋

한나라

구름과 그물망

아내가 만들어준 애플파이 같다.
아니면 생일 케이크.
해바라기 꽃 씨방 속에 꽉꽉 들어찬 씨앗.

網格雲紋

한나라 동평릉성터 출토

그물과 구름

화려하다. 가운데는 그물무늬,
그 가운데를 실선 두 개가 경쾌하게 횡단한다.
네 겹으로 돌아간 구름무늬가 뱅글뱅글 어지럽다.

山形雲紋

전국시대, 진나라 서안시 초가촌 출토

산 모양 구름

겹겹이 산 어깨 위로
구름이 피어오르던 문양을 평면도로 본 그림이다.
탑처럼 산이 솟았다.
허리쯤부터는 구름에 잠겨 잘 보이질 않는다.

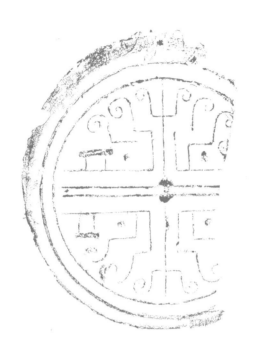

樹木饕餮紋

전국시대, 제나라

나무와 도철

구름나무는 뭉게뭉게 피어올라간다.
양옆에 빈 제단이 두 개 덩그러니 놓였다.
몇 겹의 하늘이 그 둘레를 에워싼다.

星紋

한나라

별

가운데서 사방으로 뻗친 광휘가 눈부시다.
태양을 둘러싼 별들이 떴다.
바깥 윤곽까지는 닿지도 않았는데
그래서 텅 빈 여백이 더욱 소박하고 아름답다.

花葉紋

전국시대, 진나라 섬서 봉상현 출토

꽃잎

다섯 개의 꽃잎이 아름답게 공간을 나눠 가졌다.
그 여백으로 화살촉 모양의 잎새가
죽죽 뻗어나가 여백을 정리했다.

花葉紋

전국시대, 진나라 서안 아방궁터 출토

꽃잎

네 개의 꽃잎이 사방으로 뻗어 있고,
그 사이로 잎새들이 나 있다.
꽃잎과 잎새마다 가운데에 선 하나씩을 그었다.
도톰한 꽃잎의 느낌이 살도록 요철감을 주었다.

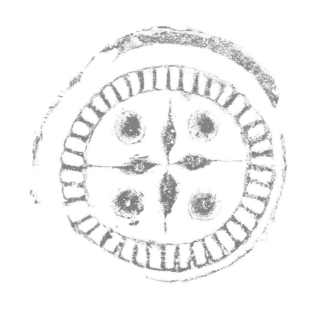

四葉紋

한나라 동평릉성터 출토

네 잎

가운데 잎새 네 개가 간결한 앉음새로 공간을 가른다.
그 빈 공간에 꼭지 네 개가 봉긋하게 솟았다.
바깥원은 촘촘한 연쇄 무늬를 넣어
끊임없이 맞물려 돌아가게끔 했다. 야무지다.

四葉紋

한나라

네 잎

하트 모양의 잎새가 세 겹으로 피어 있다.
하나하나 저마다 방긋 웃는다.
잎새들이 올라와 두 손으로 꽃잎을 감싸안았다.

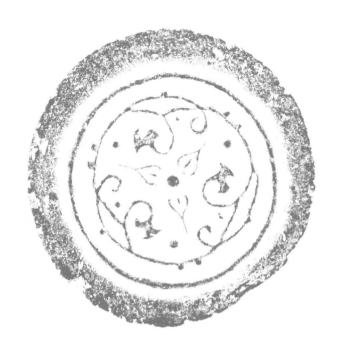

蔓葉紋

전국시대, 제나라

넝쿨 잎

고개를 삐딱하게 돌린 나팔꽃일까?
중심을 향해 손 벌린 꽃잎의 예배.
빙글빙글 도는 줄기의 회전.
얽히고설킨 사바의 인연.
중간중간 점 찍어둔 마음의 자리.

波折紋

한나라 동평릉성터 출토

물결무늬

구리거울 뒷면의 상감한 무늬냐.
난만하게 핀 꽃밭.
아마득한 그날의 만다라.
기와의 끝자락에 이렇듯
화려한 꽃밭을 만들 생각을 처음 한 그 사람.

蓮花紋

당나라 서안 장안성터 출토

연꽃

드물게 보는 타원형 와당이다.
윤곽선을 단순화시켰고, 여덟 개의 꽃잎을 잇대었다.
꽃잎 사이에 삼각형의 무늬가 생겼다.
테두리에는 연주문을 둘렀다.

길
상
문

萬歲

한나라 복건 숭안성터 출토

만세

특이한 구성이다.
가운데 중심원 위로 양뿔 모양의 구름 문양이 솟았다.
중앙을 향해 좌우로 집중된 획이
불균형 속에 통일감을 자아낸다.
글자는 좌우를 뒤집어 썼다.
글자 위에는 화살촉 문양이 위쪽을 향해 놓여 있다.

萬世

한나라

만세

획의 끝에 동그랗게 뭉친 것이
위의 두 개는 물 위에 뜬 오리 같고,
아래쪽 오른편 두 개는 부리가 긴 황새 같다.

萬歲

한나라

만세

절름발이처럼 삐딱하게 후려 그은 만萬자의 한 획 위로
세歲자의 마지막 획이 다리를 척 걸친다.
손을 잡고 번쩍 치켜 만세를 부른다.

萬有憙

한나라

만유희

기쁜 일 좋은 일 천 가지 만 가지 있으라.
단순하게 막대를 끼운 듯한 격자선 아래위로 구름무늬를 돌렸다.
만_萬자의 위쪽은 사슴뿔 같다.
정돈된 가운데 탄력적인 느낌을 준다.

千秋萬歲

한나라

천추만세

중간에 앉힌 거북등 무늬가 타원형으로 선명하고,
아래위로 네 발과 머리, 꼬리도 또렷하다.
어기적거리며 위로 올라간다.
글자는 전서체이나 예서로 옮겨가는 기미가 느껴진다.
글자 크기를 줄이면서 생긴 여백에
십자무늬의 잎새 문양을 새겼다.

千秋萬歲

한나라

천추만세

조전鳥篆의 능청스러운 구도가 사랑스럽다.
가운데로 새가 있고, 위아래에도 새가 있다.
날개를 활짝 펴니 햇살처럼 깃털이 펼쳐진다.
구불구불 궁그러지고 휘감긴 획들이
한바탕 새들의 춤잔치를 펼쳐놓았다.

千秋萬歲

한나라

천추만세

백 년도 꿈이요 천 년도 잠깐이다.
누가 변치 않을 것들을 말하는가.
천년만년 누리자던 허망한 꿈
한 조각 기와에 여태 남았네.

大吉萬歲

한나라

대길만세

공간 배치가 특이하다.
중심원 밖에 다시 선을 늘여 사각형을 만들었다.
글자체가 간소하다.
글자는 중심을 향해 방사형으로 도는 대신,
아래위, 좌우가 한 방향으로 놓여 있다.
여백에는 양뿔 모양의 구름무늬를 하나씩 새겼다.

千利萬歲

한나라

천리만세

온갖 좋은 일 속에 오래 사시길.
네 글자 모두 반대로 새겼다.
필획에 생략이 많아 얼핏 보아 알기가 어렵다.

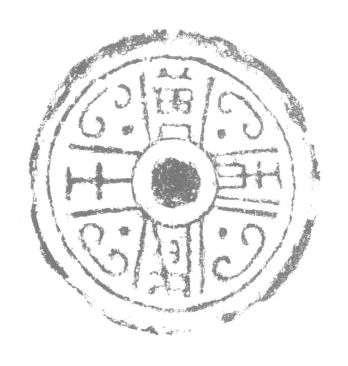

千利萬歲

한나라

천리만세

획을 극도로 간소화했다.
구름무늬도 단순하기 그지없다.
질박하다. 군더더기가 없다.

萬歲家富

한나라

만세가부

우리 집안 만세토록 부유하게 살기를 바란다.
내가 일군 이 터전 위에서 복된 삶을 끝없이 누리거라.
착한 생각, 어진 행실로 사람들의 우러름을 받으며
오래오래 누리거라.
영원무궁 누리거라.

富安萬世

한나라

부안만세

무슨 욕심을 이렇게 부렸을까?
가난하고 병든 이도 많은 세상에서
내 집, 내 식구만 부자로 편안하게
배를 두드리며 잘살면 뭘 하나.
면의 분할과 글자의 포치가 참 가지런하고 예쁘다.

千秋衛樂

한나라

천추위락

천추에 이 즐거움을 지켜주소서.
천추千秋 두 글자를 양옆에 밀어두고,
위衛자의 양옆 행行자를 길게 늘여 락樂자까지 감싸안았다.
그야말로 樂자를 호위하는 형국이다.

千秋長安

한나라

천추장안

글자의 구성이 단순하면서도 날렵하다.
천千자는 공간 안배 때문에 뒤집어서 썼다.
안安자의 여女도 획이 아주 야무지다.
장長자도 마지막 획을 길게 늘여 탄력을 주었다.

千秋利君

한나라

천추리군

죽을 때까지, 아니 죽은 뒤에도 내 임금 복되시기를.
그 임금, 그 나라가 흙먼지에 묻히고 그 위에 몇 번의 세월이
바뀐 뒤에도 기와는 남아 그때의 다짐을 증언한다.
내려그은 가지런한 필획들이 새삼스럽다.

千秋利君長延年

한나라

천추리군장연년

천추에 우리 임금 좋은 일만 있으시고 길이 오래 사시길.
일곱 자를 세 줄로 갈라
두 자, 세 자, 두 자로 배치했다.
포치가 아름답다.

延壽萬歲常與天久長

한나라 장안성터 출토

연수만세상여천구장

만세토록 장수하시고 늘 하늘과 더불어 장구하소서.
아홉 글자를 세 줄에 나누어 두 자 네 자 세 자씩 포치하였다.
성글고 빽빽함이 마땅함을 얻었다.
필획이 단정하다.

萬歲富貴宜子孫也

한나라 임치 제고성 출토

만세부귀의자손야

만세토록 부귀하고 자손들 잘되기를.
특이한 구성의 와당이다.
장방형의 글자체가 단정하고 장식성도 뛰어나다.
대각선 방향으로 구름 문양을 넣어
글자를 각지게 처리할 공간을 확보했다.

大吉日利

한나라

대길일리

크게 길하고 날마다 좋은 일만.
참 좋은 덕담이다.
사방으로 피어나는 구름처럼
내 앞길에 기쁨이 넘치기를 바란다.
자체는 전서에서 예서로 옮겨가는 과정을 보여준다.

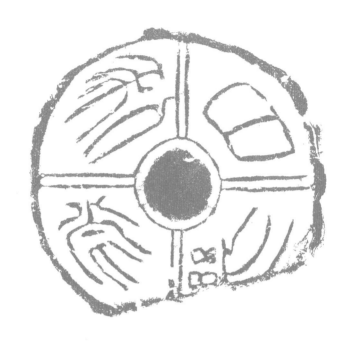

常樂日利

한나라 하북 역현 출토

상락일리

늘 즐겁고 날마다 좋은 일만 있으라.
널찍한 공간 속에 한 떼의 새가 동심원을 그리며
선회하는 듯한 경쾌한 리듬이다.
락樂자는 아랫부분이 깨졌다. 상常자의 배열도 새뜻하다.

吉月照燈

한나라

길월조등

상서로운 달빛 등불처럼 비치네.
가운데 중심원 안에 십자가를 둔 공간 처리가 특이하다.
획이 가늘고 경쾌하지만 한편으로 경직된 느낌도 있다.
달하 노피곰 도다샤 어긔야 머리곰 비취오시라.
아으 다롱디리, 어긔야 어강도리.

吉月昭登

한나라

길월소등

중앙에서 뻗어나간 경계선이 단순하면서도 힘차다.
조照를 소昭로, 등燈을 등䔲으로 줄여서 썼다.
혹 '상서로운 달빛 환하게 올랐네'쯤으로 새길 수도 있지 않을까?

長生樂哉

한나라 장안성 출토

장생락재

장생하니 즐겁도다.
중심원 밖으로 두 줄로 분할된 사면에 사십오 도 각도로
씩씩하게 빗겨내린 획이 단단하다.
공간의 제약에 구애되지 않고 제 갈 길을 가는 고집을 부렸다.
둥근 테두리 안에 각진 선이 묘한 질서를 만든다.

與天無極

한나라

여천무극

하늘과 더불어 끝이 없도록.
덧없는 것이 인생인데,
뭐 이런 꿈을 꾸었을까 싶어 혼자 웃는다.

與天無極

한나라

여천무극

세상에 변치 않는 것이 어디에 있나.
믿었던 사람들 돌아보면 곁에 없고,
앞에서 웃던 이들 돌아서서 나를 헐뜯는다.
마음 다칠 것 없다.
아득한 그때에도 저 하늘이 저리 푸르렀듯이,
늘 푸른 마음으로 살고 싶다.

與天長久

한나라

여천장구

하늘과 더불어 장구하기를.
시계 방향으로 돌려읽는다.
중심원을 돌출시켜 여기에 두 줄로 사방의 경계를 구획지었다.
글자의 앉음새가 자연스럽고 경쾌하다.
구ㅅ자는 특히 리듬감이 살아 있다.

長生無極

한나라

장생무극

영원히 끝없이 사는 삶.
가운데 큰 점을 열두 개의 작은 점이 에워싸고,
그 바깥을 또 끝도 없는 긴 시간들이 에워싸며 빙빙 돈다.
우리도 이와 같이 영원의 시간 속에서 변치 말고 흘러가자.

永奉無疆

한나라

영봉무강

길이 끝도 없이 받드나이다.
이 집 이 터전에서 끝없는 복락을 누리옵소서.
빈틈없는 획과 획의 짜임새가 튼실하다.

咸戍萬物

한나라

함성만물

만물이 모두 화성化成한다.
거푸집에 쓸 때 바로 썼기 때문에 찍고 보니 거꾸로 놓였다.
바로 쓰면 거꾸로 찍힌다.
거꾸로 써야 바로 찍힌다.
누가 옳은 걸까?
둥글둥글 궁글린 획에 모난 구석 하나 없다.
만물들 내게 와서 다 조화롭게 놀다가 간다.

萬物咸成

한나라 장안성터 출토

만물함성

만물이 모두 화성化成 한다.
임금의 덕화가 온갖 만물에까지 미쳐
그 은택에 힘입어 자라고 꽃피어 열매맺는다.
만萬자의 아래쪽 결구가 재미있게 되었다.

神氣咸寧

한나라

신기함녕

신령한 기운을 받아 모든 것이 강녕하기를.
역시 축원의 말이다.
공간을 널찍널찍하게 차지했다.
시원스럽다.

咸況承雨

한나라 섬서 흥평 무릉 출토

함황승우

모두 더욱 은택을 받기를.
비는 임금의 은택이다.
함咸자의 필세가 굳세다.
획에 군더더기가 전혀 없다.
우雨의 획은 과묵하다.

決茫無垠

한나라 섬서 흥평 무릉 출토

앙망무은

아마득히 끝도 없이.
결구가 단정하고 우아하다.
자획의 배치도 우수하다.
앙浃자는 공간의 제약 때문에 비스듬히 기울었다.

長毋相忘

한나라 섬서 순화 출토

장무상망

길이 서로 잊지 말자.
무얼 서로 잊지 말자고 한 걸까?
고단했던 시절을?
아니면 사랑하는 사람을?
잊혀가는 것들 속에서 무언가를 기억하며
살 수 있는 것은 고맙고 기쁜 일이다.

延壽長相思

한나라

연수장상사

오래 살며 길이 서로 그리워하자.
우리 사랑하는 마음 결코 세월 속에 묻지 맙시다.
그 마음으로 오래 함께 한세상을 건너갑시다.
바람이 불면 바람을 맞고, 비가 내리면 비를 맞더라도,
기와에 푸른 이끼가 피듯 그렇게 곱게 늙읍시다.

涌泉混流

한나라

용천혼류

솟아오른 샘이 뒤섞여 흐른다.
샘물이 솟아나 흘러 강물이 된다.
펑펑 솟는 샘물은 아낄 필요가 없다.
숱한 물줄기를 거느리고 흘러가 마침내 한바다에 이른다.
네 글자 모두에 물 수水자가 들어 있다.
넘쳐흐른다.

道德順序

한나라 섬서 홍평 무릉 출토

도덕순서

도덕으로 차례에 따라.
공간에 맞게 획을 밀고 당기고 간추렸다.
결구가 차분하고 짜임새가 있다.
서序자의 모양이 깜찍하다.
도덕의 표준에 따라 차례를 흩트림 없이
왕국을 이끌어가자는 다짐이다.

仁義自成

한나라 서안 장안성터 출토

인의자성

인의仁義가 절로 이루어진다.
이 집에 들어오는 자 두려워할 것이 없다.
백성을 사랑하는 어진 마음, 불의를 미워하는 의로운 정신,
내 삶 속에 온전히 깃들어 이와 함께 살아가리라.

永承大靈

한나라 서안 장안성터 출토

영승대령

길이 큰 신령스러움을 이으소서.
윤곽부터 글자까지 단순한 선과 획으로 이루어져 있다.
제사를 지내는 사당 건물에 얹혀 있던 와당이다.
영靈자 획의 절묘한 포치가 아름답다.
성글게 뚝뚝 공간을 분할하는 솜씨가 돋보인다.

永受嘉福

한나라 서안 한성터 출토

영수가복

길이 아름다운 복을 받으소서.
단순하게 가른 십자선 안에 한 글자씩을 넣었다.
피어나는 구름 같고 꼬물꼬물 기어다니는 굼벵이 같다.
아름답다.

加氣始降

한나라 섬서 홍평 무릉 출토

가기시강

아름다운 기운이 막 내려오네.
가加는 가嘉자를 간략하게 쓴 것이다.
단순하면서도 널찍널찍하게 공간을 갈라 보기에 시원스럽다.

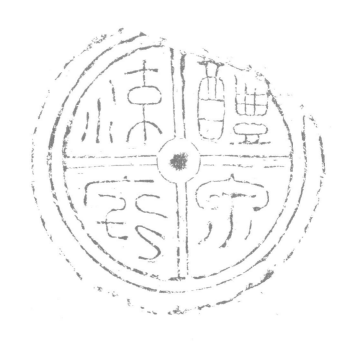

醴泉流庭

한나라 섬서 흥평 무릉 출토

예천류정

예천이 궁정으로 흘러드누나.
갈증을 적셔주는 단 샘이 마르지 않고 흘러든다.
그 샘물을 마시며 가신 임금의 은택을 사모한다.
정庭자 안의 정廷자도 공간의 배치 때문에 뒤집어서 썼다.
천泉자의 구성도 재미있다.

流遠屯美

한나라 섬서 흥평 무릉 출토

유원둔미

순수한 아름다움 멀리까지 전해지리.
원遠자는 좌우를 뒤집어 써서 공간의 활용도를 높였다.
둔屯은 순純의 약자다.
무릉 한무제의 무덤에서 출토된 와당들은
이렇듯 모두 상서로움이 오래오래 가리라는
축원의 언어들로 이루어져 있다.

屯澤流施

한나라 섬서 흥평 무릉 출토

둔택류시

아름다운 은택을 뒷사람에게까지 베푸소서.

둔屯은 순純자를 줄여 쓴 것이다.

『시경』의 주는 '純謂中外皆善순위중외개선',

즉 안팎이 모두 선한 것을 순이라 한다고 일렀다.

간결한 획 속에 탄력이 넘친다.

光龠土宇

한나라 섬서 홍평 무릉 출토

광약토우

그 빛이 천지에 환히 빛나네.
단정하고 튼실한 결구다. 기교도 없이 질박하다.
약龠은 요耀의 뜻이고, 토土는 괴壞와 같다.
토우土字는 그러니까 천지의 의미다.
임금의 광명이 세상을 비춘다.

延年益壽

한나라

연년익수

해를 늘여 더욱 오래 사시길.
행과 행 사이의 간격이 차이 없이 쪽 고르다.
이처럼 우리네 인생이 굴곡 없이
고르게 살 수 있다면 하고 사람들은 소망한다.
하지만 굴곡 없는 삶이란 또 얼마나 무미건조할 것인가?

延壽長久

한나라

연수장구

길이 오래 살도록.
오래 살게 해달라는 기원을 적은 와당이
가장 많은 것을 보며 그들의 꿈을 생각한다.
근사하게 새집을 지으면서 이 터전 위에서
편안히 살다 갔으면 하던 그 마음자리를 헤아려본다.

億年無疆

한나라

억년무강

억년토록 끝도 없이.
인간의 꿈은 갈수록 커져만 가는구나.
백 년도 못 살 인생이 억 년을 꿈꾸었다.
오대 시절 왕조王祚란 이는
점쟁이가 백사십 세 나는 해에 복통을 앓을 것이라고 하자,
가족에게 "잘 기억해두었다가 그해엔 내게
찬 것을 올리지 마라"고 했다는 이야기가 있다.

安樂富貴

한나라

안락부귀

안락하고 부귀롭게.

글자를 시계 방향으로 돌렸다.

안安자는 글자 놓인 품새가 기교를 많이 부렸다.

편안하고 즐겁고 부유하고 귀하게.

이 네 가지만 갖춘다면야 더 바랄 게 있을까?

長樂富貴

한나라

장락부귀

늘 즐겁고 부귀롭게.
장식성이 많이 강조된 후기의 와당이다.
글자체도 전서가 아닌 예서풍이다.
아래쪽에는 나무 한 그루씩을,
위쪽에는 새 한 마리씩을 그렸다.
둘레에도 무늬를 주어 화려하고 자못 요란스럽다.

富貴宜昌

한나라

부귀의 창

부귀롭고 창성하길.

구성에 빈틈이 없다. 시계 방향으로 읽는다.

둘레에는 그물무늬로 에웠고, 가운뎃점 여덟 개를 박았다.

결구가 세련됐고, 장식성이 강화된 후대의 와당이다.

大吉五五

한나라

대길오오

길한 일이 끝도 없이.
상하좌우로 한 글자씩 넣었다.
길吉자의 아래는 산 모양을 그려 솜씨를 부렸다.
오오五五는 이십오의 뜻도 있고 대오隊伍의 뜻도 있다.
크게 길하고 좋은 일이 끝도 없이 줄지어
일어나기를 바란다는 뜻이다.

長生吉利

한나라

장생길리

오래 살고, 길하고 이로운 일만 있기를.
한나라 때의 길상어吉祥語다.
중심원도 크게 두 겹으로 잡아
사방으로 돌아가는 글자가 날렵해졌다.
바깥쪽 둘레에는 그물무늬로 호사를 부렸다.

延年飛鴻紋

한나라 서안 성터 출토

연년

기러기 한 마리 목을 길게 빼고 날개를 펴서 난다.
목 양편으로 연년延年이란 두 글자가 써 있다.
한나라 때 미앙궁에는 연년전延年殿이란 전각이 있었다.
거기에 올라 있던 와당이다.

永保國阜

한나라

영보국부

길이 나라를 보전하세.
십자로 가로지른 선 끝에 구름 문양을 단순화하여 배치했다.
여백마다 점을 하나씩 찍어 공간을 처리했다.
자획이 단정하게 정돈되었다.
고졸한 맛은 줄어들었다.

長樂毋極常安居

한나라

장락무극상안거

언제나 즐거운 일 끝없고 늘 편안한 거처.
중심원을 크게 만들어
가운데에 상안거常安居 세 글자를 특이한 구도로 배치했다.
분할하는 네 공간은 양뿔 모양 구름무늬를 넣었다.
극極자는 극亟으로 줄여서 썼다.

漢幷天下

한나라 장안성터 출토

한병천하

한나라가 천하를 병합하였노라.
자못 득의에 찬 말이다.
공간을 활용하여 자연스럽게 글자 모양에 멋을 부렸다.
병卅자의 기운 곡선, 하ㅏ자의 능청스레 휘감은 리듬이
위쪽 두 글자의 단정함과 뚜렷이 대비된다.

單于和親

한나라

선우화친

선우와 화친하다.
선우는 흉노의 추장이다.
그 흉노와 화친을 맺은 것이 하도 기뻐서
이런 글귀를 기왓장에 올릴 생각을 다 했다.
기왓장 하나에도 이렇듯 역사의 흔적이 묻어나온다.

樂哉破胡

한나라

낙재파호

기쁘다! 오랑캐를 무찔렀네.
승리를 기념하는 자랑이
휘청능청 이어진 락樂자와 재哉자의 마지막 획 속에 담겨 있다.
대나무를 가르듯 파죽의 형세로 곧게 그은
파호破胡 두 글자에선 날 선 결의가 배어난다.

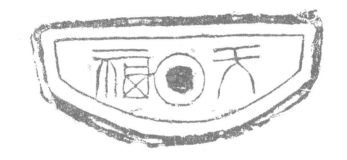

天福

한나라

천복

예서풍이 다분히 가미된 전서다. 필획이 튼튼하다.
수막새가 아닌 특수 와당이다.
복福자 왼편 시示자의 위 두 획을 길게 잡아끌어
위를 모두 덮은 것이 재미있다.
천天자의 아래쪽 획도 어쩡쩡한 듯 특이하다.

無

한나라

무

가운데 예서체로 무無자를 새겼다.
무엇이 없다는 걸까?
구름무늬가 양뿔 모양을 하고 사방을 에워쌌다.
구름처럼 덧없는 것이 인생이다.
빈손으로 왔다가 빈손으로 가는 것이 인생이다.

空

한나라

공

사공司空은 한나라 때 죄수를 관장하던 부서의 이름이다.
감옥 지붕에 얹혀 있던 와당인 셈이다.
구름무늬가 사방을 둘렀고, 양옆에 점 하나씩을 박아두었다.
그 사이에 두 개의 실선을 세워 면을 갈랐다.
감방이야 텅 비는 것이 바람직하겠지.

家

한나라 섬서 감천 서한묘 출토

총

총塚은 총塚의 약자다. 무덤 속에서 출토된 와당이다.
이곳이 죽은 이의 집임을 알린다.
뱅글뱅글 구름무늬는 묵직한 추를 달아 버팀목으로 삼았고,
총塚자의 외곽 끝에는 대각선으로 역시 추를 달아놓았다.
단순한데 단순치가 않다.

墓

한나라

묘

묘墓 한 글자만으로 공간을 십 등분했다.
공간이 시원스럽다.
아래쪽 획의 변용이 눈에 띈다.
역시 무덤 앞을 지키던 와당이다.

關

한나라 신안 함곡관 출토

관

못 들어온다. 저리 가라.
굳게 닫힌 문 앞에 빗장을 단단히 걸어놓았다.
굳세고 튼튼하다.
옛 진나라로 들어가는 입구, 함곡관을 지키던 와당이다.
그 앞에서 벌어진 수많은 전투들을 와당은 기억하고 있겠지.

關

한나라

관

꽉 닫아건 문이다.
아무나 들어오지 마라.
여기는 내 땅 내 영토다.
넘보지 마라.
굳게 지른 빗장 앞에서 이리저리 기웃거려보지만,
아! 그 속내를 알 수 없다.
꽉 닫혀 있다.

틈

한나라

창

두 귀가 달린 그릇 위에 또 다른 그릇을 포개 얹는다.
사방에 찍어둔 네 개의 점이 빈틈을 메운다.
행과 행의 사이도 정연하여 빈틈이 없다.
둘레도 터진 데 하나 없이 든든하니 참으로 믿음직스럽다.

衛

한나라

위

네가 날 지켜다오.
도둑으로부터 내 재산을 지켜주고,
환난으로부터 내 나라를 지켜다오.
역경 속에서도 침몰하지 않도록 내 영혼을 지켜다오.
금강석처럼, 수문장처럼 지켜다오.
굳게 지켜다오.

盗瓦者死

한나라

도와자사

이 기와를 훔친 자는 죽는다.
이런 글귀를 와당에 새겨두면 도둑들이 뜨끔해서
훔쳐가려다 말고 달아났을까?
하지만 글씨만은 보기 드물게 아름다운 예서로 쓰였다.
공간을 분할하는 선도 단순하여 보기에 시원스럽다.

宮

한나라

궁

미로를 따라 한없이 들어가면
그 깊고 깊은 곳에 궁이 있다.
바깥 외곽까지 합치면 간데없이 구중궁궐이다.
깊고 깊어 찾을 수가 없다.

右將

한나라 서안 장안성터 출토

우장

우장右將,
한나라 때 우중랑장右中郎將의 처소를 나타내던 와당이다.
장將자의 위치가 거꾸로 되어 있고,
글자의 배치가 자못 과감하다.
공간의 안배가 절묘하다.

蘄年宮當

한나라 섬서 봉상 장청향 출토

기년궁당

진나라 혜공惠公이 세운 기년궁蘄年宮의 와당이다.

기蘄는 기祈와 같다.

오래오래 사시기를 빈다는 의미다.

그 옛날 진시황이 이곳에서 가면례加冕禮를 거행했다.

시원시원하게 간격을 맞추어 휘돌아간 글씨가 예쁘다.

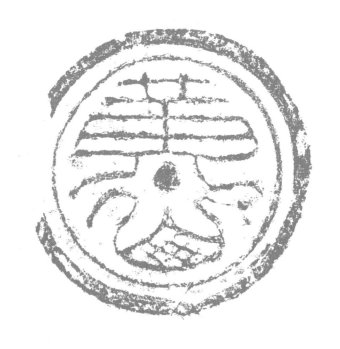

黃山

한나라 섬서 홍평 출토

황산

황산黃山.
홍평현興平縣에 있었다던 황산궁黃山宮에 얹혀 있던 와당이다.
둥글둥글 부드럽게 휘돌아나간 선이
아래위로 공간을 적절히 분배하며 호응을 이룬다.
일정한 간격으로 숨을 고르고 있는,
같으면서도 다른 공간의 절묘한 분할을 보라.

壽成

한나라 서안 한성터 출토

수성

구름무늬가 단순하게 아래위로 공간을 분할한다.
가운데 원이 두 겹으로 에워싸 중심을 받친다.
수성壽成, 장수하시란 말이다.
한나라 미앙궁에 있던 수성전壽成殿의 처마를 꾸미던 와당이다.
양옆에는 구름무늬를 두어 여백을 장식했다.

清涼有熹

한나라 서안 미앙궁터 출토

청량유희

시원하여 기분이 좋다는 뜻이다.
청량궁淸涼宮은 한나라 미앙궁 안에 있던 건물의 하나다.
여름에 특별히 시원하라고 꾸민 방이었던 모양이다.
유有자의 마지막 획을 구부려 멋을 냈다.

吳氏宗祠

한나라

오씨종사

이곳은 오씨의 으뜸가는 사당이다.
지나는 자들은 삼가 예를 갖추라.
집주인의 오만한 자부를 이 막새기와에서 읽는다.

와당의 표정

초   판 1쇄 발행 2002년 3월 20일
개정판 1쇄 발행 2017년 1월 9일

지은이 정민
발행인 정중모
발행처 도서출판 열림원
출판등록 1980년 5월 19일(제406-2000-000204호)
주소 경기도 파주시 회동길 121(문발동)

전화 031-955-0700
팩스 031-955-0661~2
전자우편 editor@yolimwon.com
홈페이지 www.yolimwon.com
페이스북 /yolimwon

기획 편집 조연주 심소영 유성원
제작 관리 박지희 김은성 윤준수 조아라

홍보 마케팅 김경훈 김정호 박치우 김계향
디자인 이승욱

ISBN 978-89-7063-950-5 03810